더 이상 눈물은 안 되겠다

우는 방법도 잊어야겠다

김용원

더 이상 눈물은 안 되겠다

우는 방법도 잊어야겠다

초판 1쇄 인쇄 2018년 11월 01일
초판 1쇄 발행 2018년 11월 10일

지은이 김용원
펴낸이 백도연
펴낸곳 도서출판 세움과비움

신고번호 제2012-000230호
주 소 서울 마포구 양화로16길 2층
Tel. 070-8862-5683
Fax. 02-6442-0423
seumbium@naver.com

ISBN 978-89-98090-26-5

값 11,700원

김용원의 잠언시집

더 이상 눈물은 안 되겠다.

우는 방법도 잊어야겠다

세움과 비움
Seum&Bium

머리말

따라지는 눈물을 먹고 산다.

사람들은 눈물은 힘이 세다고 하지만 그건 삼자들이 하는 소리다.

이제 나는 눈물이 말랐고 우는 방법마저 잊었다.

다시 걸어야겠다.

숨죽이며 기도하며 길을 가야하겠다.

이제 눈물 따위는 필요 없다.. 눈물은 한 번 이면 족하다.

Contents

memory

더 이상

쉽게 살아서는 안되겠다
어렵더라도 가야할 길을
제대로 걸어가야 하겠다
무슨 일을 하던지
남을 먼저 생각하고
주변을 돌아보고 살피면서
신중하게 살아야겠다
결국 무너질 모래집과
쌓다가 무너질 모래성을
처음부터 쌓지 말아야지
힘들어 망설여지더라도
처음부터 제대로 해야겠다
말을 하면 남들이 믿도록
딴딴해져야만 하겠다
이대로는 더이상 안되겠다
다시 시작해야하겠다

1

이제야 알게 된다.

그래도 삶이

얼마나 눈부신 것인지......

감사

어머니를 떠나보내면서 나는 알았다
나의 못나고도 시시한 일상이
어머니가 그토록 살고 싶어 한 천국이었음을
김장을 하거나 빨래를 하는 일이
밥을 지어 식솔들을 불러 모으는 일이
아아, 없는 살림을 쪼개며 가슴 졸이는 일이
얼마나 설레고 눈부신 일인지를 알았다
기적은 달리 존재하는 것이 아니었다
눈 뜨면 볼 수 있는 신기루 같은 것
감사하는 그곳이 늘 기적의 서식처였다
힘이 없거나 가난하다고 느낄 때면
절망 대신 감사를 한 번 힘껏 붙들어 보라

Writing

	힘	이		없	거	나		가	난	하	다	고
느	낄		때	면								
	절	망		대	신		감	사	를		한		번
힘	껏		붙	들	어		보	라				

규칙

듣는 귀는 깨끗이 씻어 두고
말하는 입은 버리기로 했다

악인의 말은 흘려들어
스스로 망하게 내버려 두기로 했다

정직과 선, 정의와 같은
추상명사들을 더 사랑하기로 했다

나의 길

문산발 용문행 첫 차에서 생각한다
새벽을 열며 달려가는 이 길에
어찌 고통이 없기를 바라겠는가

힘에 겨워 곧 쓰러질 것 같아도
차마 내색도 못하며 가야할 길이다
적막한 것이 가도 가도 끝도 없다
이 생명 다해야 비로소 끝나는 길

사랑

그동안 나는
사랑을
잘못 알았다

사랑은
무엇을 하거나
해주는
것이 아니었다

사랑은
참고
견디는 것

구체적으로 말해

사랑은
일흔의 일곱 번을
참아주는 것

그런 연후에
어김없이
피는 꽃

Writing

사	랑	은									
일	흔	의		일	곱		번	을			
참	아	주	는		것						

슬픈 내력

내가 타고가야 할 버스는 오지 않았다
정류장에 모인 사람들은 버스를 타고 떠나가는데
내가 기다리는 버스는 오지 않았다

나는 오지 않는 버스를 기다리며
정류소에 앉아있거나 일어나 서성이며
세상을 원망하고 자신을 탓하였다

뒤돌아보면 내 삶의 팔 할은
오지 않는 버스를 기다리는 일
차라리 걸어갔더라면 좋았을 것을

나는 늘 뒷북만 쳐 대었으며
정작 있어야할 곳에 나는 없었고
타인들에 의해 규정되는 삶을 살았다

속고야 말리라

안타까워 하지마라
힘들어도 하지마라
원래 산다는 것은
서럽고 쓸쓸한 것
기대할 것도 없는
지극히 진부한 것
결국 황량한 들판에
땅을 파고 들어가
묻히게 되고야 마는 것
최면을 걸지 말라
인생이 별스런 것처럼
뭔가가 있는 것처럼

문산행 전철에서

퇴근길 금릉가는 문산행 전철 안
일산을 지나면서 어김없이 나타나
어색하게 구걸하는 그 사내

촌스러운 고봉 머리 스타일에
귀마개를 하고 다니는 모습이
꼭 반쯤 정신이 나간 사내 같다

"병든 어머니를 모시는 둘쨌데
한 푼씩만 보태 주시지∞이∞~
약값이라도 조금 보태게
조금씩이라도 도와주시지∞이∞~"

하, 대체 그게 어느 지방 사투리인지
그렇게 구걸해서 동전푼이라도
얻어 쓸 수가 있을까하는 염려가 들어
보는 내가 미치고 환장할 노릇이었다

그대는 어찌 그리 수단도 없으며
사내라고 생긴 것이 용맹도 없느냐
퇴근길 문산행 전철에서 만나는 그 사내

촘촘한 삶의 거미줄에 걸려든
못난 내 자신을 보는 것만 같아
죽이고 싶도록 미웠던 그 사내

요즘 뭔가가 심상치 않다

내가 못나 그런가. 내가 만난 사람들이 못나서 그런가. 아니면 세월이 그런가.

사방천지를 둘러보아도 몸을 숨긴 채 땅을 파고 기어 들어가는 신음소리만 들려온다.

거리에서 만난 사람들은 저마다 아픈 몸짓을 지어 보이며 사랑을 구걸한다. 언제 묻기나 했었나.

누구는 고운 마음으로 살고 싶다며 번개와 같은 문자를 날려 온다.

봄은 대체 어디서 무엇을 하고 있나. 겨울을 밀어낼 의지는 있는 것일까.

잔뜩 웅크렸던 어깨를 펴고 한번 소리쳐 웃어 보고 싶다.

세월이 하수상하다.

요즘 정말 수상하다. 뭔가가 심상치 않다.

즐거운 귀가

오후 5시 5분 홍대에서 출발하는 문산행 경의선 전철을
타면 나는 비로소 해방된다.

시시한 일상이여, 서울이여 단 몇 시간만이라도 이제는 안녕.

이 땅에 와서 내가 만든 기막힌 인연들을 만나러 가는 시간.

전철이 가좌를 벗어나 지상으로 올라오면 움츠렸던

나의 모든 그리움과 희망이 뭉게구름처럼 떠올라 나는 소
풍가던 유년으로 돌아간다.

이 땅의 모든 괴로움과 즐거움을 추억으로 되새기며

한 이불을 덮고 한 밥통에서 더운밥을 퍼서 나누어 먹는
식솔들이여.

열차가 일산을 지나고 탄현을 지나 파주 경계로 들어서면
마침내 그리움은 절정에 이른다. 아빠, 아빠라고 부르며
나를 하늘같이 여기며 기다리고 있을 늦둥이를 생각하면
가슴이 벅차온다.

집에 가보아야 밥 먹고 텔레비전을 보다가 쓰러져 누웠다
가 다시 깨면 도시로 끌려 나와야 하는 장막이지만 그곳이
천국이었다.

아아, 내가 파김치가 되고 쓰레기가 되어도

결국에는 내가 살아 가야하는 이유가 되는 나의 성이여,

피붙이들이여.

마침내 경의선 기차가 금릉역에 멈추어 서고

서러운 한 사내가 플랫폼에서 내릴 때 두 발은 막 춤추기 시

작한다.

어두운 밤하늘에는 별이 있고, 지치고 힘든 일상에는

그대들이 있어 나의 항해는 매일 이렇게 소풍이 된다.

Writing

	그	대	들	이		있	어		나	의		항	해
는		매	일		이	렇	게		소	풍	이		된
다	.												

나에게 말을 건다

어찌 그리도 고단한 삶이더냐
제자리 한 번 잡아 보지 못하고
양이 아닌 염소로, 꿩 대신 닭으로
애꿎은 운명들 사이에 끼여 산 세월
언제 한 번 당당한 목소리로
변방의 외로움을 벗어 날 수 있을까
사는 것은 늘 그런 것이라며
밥은 굶지 않고 살지 않았느냐며
으르고 달래며 나에게 말을 건다

내일을 말하지 마라

오늘만이 정녕 그대의 것
내일의 희망을 말하지 말라
그대의 출생과 그대의 결혼이
희망이 되지 못하는 지금
내일은 더 나아질 것이라고
그대 스스로를 속이지 말라

내일은 다시 오늘이 그리워지리니
내일은 내일에는 이라고 말하며
그대의 오늘을 위로하려 들지 말라
우리에겐 오직 오늘만 있나니
뜨겁게 안고 춤추어야 할 오늘이,
내일은 아마도 쓸쓸한 내리막 길
그대, 다시는 내일을 말하지 말라

긍휼한 그대

가지 말았어야만 했다
사명을 다한 것들을 그리워하지 말았어야만 했다
사람들은 가지 말아야 할 길을
끊임없이 넘보았고 신은 언제나 심판을 내렸다
미세한 움직임 하나도 그 분의 섭리 안에 있었다
하지만 사람들은 그 사실을 까맣게 몰랐다
그것은 이 땅을 사는 피조물의 비극이었고
창조주가 사람들을 긍휼이 여기는 까닭이기도 했다

자화상

늘 진땀에 젖고 힘겨운 날 들이었다
가끔은 새벽 예배당에 쓰러져 있었고
태풍이 오는 바다에 나가 자책하거나
변방의 포구에서 서성거려야 했다

나 같은 것도 살아 있는 날이
눈물겹게 감사한 날이 많기도 했지만
대개는 박복한 날의 연속이었다

얼마를 더 외로워해야만 할까
나는 무사히 이생을 건널 수 있을까
진땀에 기도에 오늘도 허둥댄다

나의 날

사들 바람이 붐어오고
새들이 지저귀며
자신의 날을 노래하는데
나는 언제 한 번쯤
나의 날을 노래할 수 있을까
살아 움직이는 날들의
벅찬 감격과 환희를
노래할 수 있게 될까
늘 진창이던 나의 길에
그런 날이 있을까
아아, 정말 있을까,
그런 날, 그런 날

나는 꽃을 보면 부끄럽다

와우산 중턱 위태로운 경사면
나 여기 있어요, 라며 자랑하듯
노랑 분홍 흰색으로 피어나서
보는 이를 부끄럽게 만든다

더 배워보겠다는 욕심으로
대학도 모자라 대학원을 나오고
세상의 지식과 지혜를 찾아
부질없는 길들을 찾아 헤매었다
내가 먼지를 날리며 분주하던 그 시간
한데 나가 서럽게 떨면서도
봉우리를 맺고 꽃 까지 피워 낸
너의 세계가 눈부시게 황홀하다
더 이상 길을 물어 무엇하랴
너가 왔던 길을 내가 가면 되는 것을
꽃 앞에 서면 나는 부끄러워
방황도 이제는 끝내야만 하겠다

지도

이른 아침 출근길에서 스치고 간
두 눈이 휑하고 함몰된 그 사내
세상 어딘가에서 꿈을 잃어버리고
타클라마칸을 한 달 쯤 떠돌다가 온
혼동의 여정이 두 눈에 담겨있었다
서글픔이 등고선처럼 켜켜이 쌓여
산처럼 몸이 부어오른 또 다른 여자는
고해성사를 위해 바다가 그리웠을 것이다
사람들은 저마다 각자가 지도다
한 때의 기쁨과 더 많은 아픔이 각인된
걸어 다니는 이 땅의 또 다른
한.장.의 지.도.

Writing

	사	람	들	은		저	마	다		각	자	가	
지	도	다											
	한		때	의		더		많	은		아	픔	이
각	인	된											
	걸	어		다	니	는		이		땅	의		또
다	른		한	.	장	.	의		지	.	도	.	

아직도 흔들리는 내가

나이 오십이 넘어 아직도 서지 못하고
계속 흔들리며 가는 내가 미웠다
사는 것은 다 그런 것이라고 말을 하지만
내 흔들림은 그들과는 질적으로 달랐다
사람들은 세상을 얻고 난 후에 쓰러지거나
세상과 한 번쯤은 싸우다 무너지지만
나는 싸움 한 번 걸어 보지도 못하고
소멸해 가는 내가 억울하고 서러웠다
나는 억울해서 이대로 떠날 수가 없다
한데서 떨었던 시간이 길었기 때문이다
생의 뽕을 다 뽑고 가야만 하겠다
그런 연후에 쓰러져 눕는다면 좋겠다

세상

깊은 곳이다
이루 다 말할 수 없이
깊은 곳이다

기쁜 일 보다는
노여움과 외로움과
서글픔이 더 많은 곳이다

그래서 우리는
서로가
불쌍한 곳이다

너가 세우고
너가 허물어도
눈길 한 번 주지 않는
지엄한 곳이다

기차를 보면 달리고 싶다

남들이 다 도시의 일터로 떠난
인적이 드문 텅빈 평일 대낮에
열차를 타고 낯선 도시에 서고 싶다
아는 이 없는 타향의 거리에서
살기위해 굳어지고 비굴해진
가련한 나를 위로해 주고 싶다
오늘은 마감일자가 정해진 일들과
납부해야 할 은행이자로 부터
한껏 자유를 허락해 주고 싶다
평소 못 먹은 것도 사 먹이며
조금 더, 조금만 더 견디어 보자고
나에게 용기를 북돋아 주고 싶다

Writing

조금 더, 조금만 더 견디어 보자고

나에게 용기를 북돋아 주고 싶다

그 사람

모임이 끝나 사진을 찍는 시간이 오면
뒷줄 맨 끝 자리를 자기 자리로 여겼고
고기 집에 가서 고기를 구워 먹는 날이면
연기 속에서 고기를 구워야 마음이 편했다
쉬는 날 파주문산, 강화 교동과 같은
도시의 마지막 변방을 쓸쓸히 걸으며
세상의 중심이 되기를 꿈꾸었다
어디를 가도 갓 입대한 신병처럼 어색했고
제대로 된 자리는 한 번도 앉아 보지 못하고
평생 자기 목소리 한 번 내지도 못한 채
한 평생 방황해야 했던 한 사내가 있었다

2

모든 문제는 나였다

삶에는 결국 내가 문제였다.

나를 위해 서럽게 울었다

오래 전 화정 국사봉 지나 한 감리교회
추수감사절 예물로 드렸던 바구니에서
시든 배추와 파, 무단을 보고서는
그분이 불쌍하다는 생각이 들어
바구니를 끌어안고 한참을 울었다

어제는 자장리 부근 한 장로교회에 들어가
강대 앞으로 나가 넙죽 엎드리다가
나무계단이 어긋나며 삐걱거리는 소리에
누추한 곳에 오실 그 분 생각이 나서
소리 내어 서럽게 한참을 또 울었다

내가 우는 이유를 나도 모를 일이다
변변치 못한 추수감사절 예물이나
무너질 듯 삐걱대는 망가진 계단,
거기 쓰러져 울 수밖에 없었던
내가 미워 그랬을지도 모른다

자신을 위해 우는 사내를 내려 다 보고
그 분은 얼마나 황망해 하셨을까
어디를 가나 자신의 처지가 서러웠던
눈물 많은 한 사내가 있었다

밥 재를 넘으며

하루 세끼 밥을 먹기 위해서는
어떻게 처신할지를 생각하며 걸었다
모든 것은 부모로 부터 온 것,
별스럽게 따로 스승을 구해
인(仁)을 물을 필요가 없음도 알았다
우리가 가는 지금 이 길이
첩첩이 고갯길이라는 것도 알겠고
때로는 외롭고 적막하기가
끝도 없을 것이라는 것도 알겠다
살아 생 전 세끼 밥을 먹기 위해서는
이런 밥 재 여럿을 넘어야만 하리라
달리 대로 행은 존재하지 않는다
너와 내가 가야할 이 길은 오직
기도하며 숨죽이며 가야할 길

*밥 재 : 경기도 파주시 식현리(食峴理)에서 자장리로 넘어가는 고갯길

내가, 내가

남해안에서 서해안을 거쳐 북쪽의 임진강변까지 변방의
길들을 걸었다.

그동안 느낀 것이 없었을까. 생각한 것이 없었을까.

오직 떠오르는 것은 나에 대한 반성뿐. 모든 것은 내 잘못
이었다.

잘못 살아온 내가 문제였다.

이 세상은 나에게 아무런 해도 끼치지 않았다. 문제는 나
였다.

바보 같은 내가, 병신 같은 내가, 나를 이렇게 망치고 세상
을 어둡게 만들었다.

반성만이 구원이다. 내가 문제였다는 것, 내가 바보였다는
것, 내~가 미쳤다는 것,

내가 병신같이 살아왔다는 것, 나에게 곧은 심지가 없었다
는 것,

아아, 내가 정말로 말도 안 되는 길을 걸어왔다는 것을 알
았다.

이제 다시 길을 떠나야만 한다.

내가 어떤 길을 걷는 것은 자유지만

이제 그 길에 대해서 책임을 져야하는 것쯤은 안다.

나를 바라보는 눈동자들을 위해서라도 다른 길을 걸어가

야만 하겠다.

어리석지 않은 길, 바보 같지 않은 길.

그동안 나는 참 바보처럼 살아왔다. 결국, 내가 문제였다.

내가, 내가.

Writing

어리석지 않은 길, 바보 같지 않은 길을 가야만 한다.

결국 내가 문제였음을 알아야 한다.

부끄러움에 대하여

잊혀진 친구의 얼굴이 떠오른다
은덕을 베풀어 주었던 은덕이
늘 성실하고 자상했던 성근이

생각하면 모두가 내 잘못
그들의 은혜마저 삼켜버린
크게 벌린 내 입이 문제였다

아아, 선한 그들마저 삼켜버릴
어리석은 내 아가리가 부끄럽다
욕심은 나를 삼키고 그들을 삼키고
마침내 모두를 삼켜 버렸다

철들었다

철이 들고 싶다고
인제 철이 들겠느냐고
안타까워했었는데

어느새
소리 소문도 없이 철이 들었다
나이 오십이 넘어

나 이제 어떡하나
갈 길은 아직 멀었는데
나 철들고 말았으니

서러워 나는 못가네

누가 알기나 할까
내가 걸었던 밤길을
아마 아무도 모르리라
어찌할 수가 없어
울며 걷던 밤길들을
숨통을 틀어막던
따라지의 서러움을
누가 알아주기나 할까
돌아보면 죄 많은 인생
서러워 다시 못가네
이대로 종칠 수가 없네
살아 온 세월이 억울해
이제는 망할 수도 없네

기도원에서

서로 눈길만 마주쳐도 가슴시린
당신의 어린 양들이 여기 모였습니다
영원히 목마르지 않을 것을 찾아
두 팔 들며 여기까지 왔습니다
눈물의 골짜기에서 환란을 만나
아무것도 희망이 되지 못하는 이때
오직 당신의 기적만을 간구합니다
당신은 멀고 먼 하늘에 내려 보시고
저희들은 낮고 천한 땅에 엎드렸으니
그냥 홀로 내버려 두지 마시고
저희 간구에 속히 응답하여 주소서
크게 벌린 양들의 입을 채워 주시고
이생을 마치기 전 꼭 한 번쯤은
당신의 잔치에도 초대하여 주소서

은행

내 너를 만나서 동행했던
지난 세월을 후회하노라
살면서 내가 힘들고 지쳐
너에게 손 내 밀었을 때
너의 배신에 신음을 해야 했다

돌아보면 등줄 서늘한 외줄타기
숨 가쁜 고갯길을 넘어오면서
결국 내 너를 먹여 살리느라
등골마저 다 빼주었구나
너를 믿었던 내가 바보였다
평생 너를 먹여 살리려다가
이제는 제명에도 못 살겠구나

헌법 제1조

기차가 공릉천을 지날 때 세상은 따분하다는 생각이 들었다

이 땅은 거의 완벽하게 짜여있어 한 치도 밀고 들어갈 틈도 없었다

우리의 일상이란 정해진 일과 정해둔 집과 짝을 찾아가는 길

세상의 정의란 것들은 다 립서비스

헌법 제1조의 민주공화국 생각이 나서 나도 모르게 헛웃음이 나왔다

아이러니다, 나로 부터가 아니면 아무 권력도 나오지 않는다는 민주공화국의 겨울을 살면서 결국 아무 것도 아닌 것으로 판명된 내가 서러워서 미치고 싶었다

세상은 내가 알 수 없는 원리로 은밀하게 작동되어 가고 있는데 지금 나는 돌아가 보아야 아무런 위로도 혁명도 다시없을 기울어진 내 집을 찾아서 북녘의 서쪽을 향해 가고 있다

삶의 가식에 대하여

진실이 아니라 가식으로
희망이 아니라 가짜 맹세를 하며
거친 세월을 가야하는 사람들이 있다
사람은 정직하고 진실해야 한다고
그것만이 희망이라고 말들을 하지만
살다보면 정직과 진실보다
거짓 맹세와 헛된 꿈에 기대어
한 세월을 보내어야만 하는,
때로는 허망한 맹세도 가식도
삶의 거름이 되고 희망이 되는
그런 불온한 날들이 있다

일박이일

눈부신 시월의 몇 날
몇 군데 산을 오르고
지금은 바닷가로 떠나왔다
하던 일 다 접어 버리고
시골 가서 살고도 싶지만
세상 사람들로부터
잊혀지는 일이 싫어서
어이, 나 여기에 있다고
문자에 메일에 손 전화에
매달려 사정할까 두렵다
산과 바다를 떠돌다
다시 붙들려 온 일상
기적이 보이지 않는 수용소
열 평 남짓 사무실에서
운명과도 같은 얼굴들과
지지고 볶는 냄새를 피울 때
다시 나는 일탈을 꿈꾼다

밤길에서

그 사내 아내의 목소리였을까
맛좋고 찰진 고랭지 토마토를
일 킬로에 오백 원에 드린다는
확성기에서 나오는 목소리는
티 없이 맑고 선하게 들려왔다
한 트럭 가득 토마토의 아우성이
귓전을 맴돌아 하는 수 없이
다시 제 자리로 돌아와 보았지만
차는 이미 떠나가고 없었다
약한 것들의 삶은 늘 그랬다
변명이 많았으며 피곤했으며
뒷북만 치다가 길이 서로 엇갈렸다
서러운 것은 어디 그 뿐 만이랴
밤늦도록 거리를 달리거나
잠들지 못한 채 서성여야만 했다
떠나간 모든 것을 아쉬워하며
다시 오지 않을 것들을 그리워하며

Writing

	때	론		떠	나	간		모	든		것	이	
아	쉬	우	며										
	다	시		오	지		않	을		것	들	이	
그	립	다	.										

세상의 아름다운 것들

한계를 알고 난 후의 일상이 아름답다
시한부 환자의 남은 몇 달이 아름답고
파선하는 자들의 마지막이 눈물겹다
후들거리며 종치려는 시간을 붙잡으려
애써 초점을 모으는 그 눈빛과
간당거리는 그 떨림이 아름답다
이제 막 살만해 지기 시작했는데
누릴 여력이 없음을 알고 난 이후의
따스한 봄날이 안타깝고도 아름답다

Writing

	한	계	를		알	고		난		후	의		일
상	은		늘		아	름	답	다					

나는 상록수를 좋아하지 않는다

나는 상록수를 좋아 하지 않는다
늘 푸른 것처럼 식상한 것이 어디 있을까
한껏 봄꽃을 피워 올린 나무들 사이에서
한겨울에 입었던 옷을 봄에도 걸치고 선
그렇게 진부한 것들이 또 어디에 있으랴
때가 되면 적당히 잎 새를 버릴 줄 알고
때가 되면 꽃도 피워 올리면 좋겠다
언제나 푸르다는 것은 얼마나 위선인가
그것은 사람이 꿈도 꾸어서는 안 될 일
가끔은 술 취한 사람처럼 단풍에 물들다가
겨울이 오면 잎 새를 버린다면 좋겠다
늘 푸른 것이 무슨 슬픔이나 알겠나,
절망도 없으면서 무슨 희망이 있을까
자기를 표현할 수 있는 것들이 좋다
나는 쓰러지고 일어나는 것들이 좋다

Writing

	언	제	나		푸	르	다	는		것	은		위
선	이	다											
	자	기	를		표	현	할		수		있	는	
것	들	이		좋	다								
	나	는		쓰	러	지	고		일	어	나	는	
것	들	이		좋	다								

나는 알 수가 없다

우울한 밤길을 걷는다

뽀삐 마저 보내야 하는 초등학교 사학년 정미

못된 것은 어른들이고 세월이고 세상이다

알콜 중독이건 말건 정미에게는 엄마가 필요하다

그건 아빠가 엄마를 떠나보낸 구실일 뿐

뽀삐는 정미 곁을 떠나는 것도 모르는지

새 주인을 향해 달려들어 꼬리를 친다

어른보다 모질어야 하는 아이들이 눈에 선하다

금요일 저녁 어둠이 내린 뒷골목을 나올 때

철야기도 하는 자들의 신음소리가 들린다

나는 잘 모른다. 사람들이 얼마나 힘들게

생의 거친 바다를 건너고 있는 중인가를

내가 알바가 아니다, 알아서 무엇하랴

도무지 알 수 없는 것이 이 땅의 일이기에

세상의 약한 것들을 위하여

약한 것들은 늘 일방적 이었다
전화보다는 문자 보내는 것을 좋아했고
만나 이야기를 주고받기 보다는
밤새 긴 편지를 쓰는 것을 좋아했다

약한 것들은 절차를 무시했다
느긋하게 기다릴 여유가 없기 때문이다
그들은 늘 목이 말랐고 어딘가를 향해
끝없이 스텝을 밟아 대는 존재들 이었다

약한 것들은 수없이 날리는 쨉 중의 하나에
기적이 일어나기를 꿈꾸는 정신병자 였고
하루에도 몇 번 씩 성을 쌓고 또 무너뜨렸다

약한 것들이 모르는 것도 많았다
강한 것들도 서러움이 많다는 것을 몰랐다
강하면 세상이 다 뜻대로 되는 줄 믿었고
그래서 이루고도 다시 무너져 내렸다

아카시아

결혼해서 아이 낳고 입대하여
아카시아 세 번 피고 지면 간다며
아카시아 꽃 피기만 기다리던
훈련소의 신병 시절이 있었다
제대 후 도시의 땅만 밟고 살다가
바람결에 실려 온 아카시아향기,
잔뜩 겉멋만 들어 살기보다는
오월의 싱그런 아카시아처럼
향기를 주는 사람으로 살고 싶다
주렁주렁 하얀 향기 주머니를 달고
바람결에 이리저리 흔들리면서
꿈과 그리움을 전해주는 아카시아처럼
한 시절 그렇게 살다가고 싶다

	오	월	의		싱	그	러	운		아	카	시	아
처	럼												
	향	기	를		주	는		사	람	으	로		살
고		싶	다										

60
—
61

사는 방법

생은 나이를 먹을수록 더 깊어간다
사는 이치는 간단하고도 명료한 것
한 점 부끄러움도 없이 살았다면
아무 거리낌도 아쉬움도 없는데
어리석게도 온갖 허물과 미혹에 빠져
이렇게 괴로워 홀로 밤길을 걷는다
내가 먼저 미안하다고 말했더라면
다툼은 소멸하고 말았을 것을
오늘도 밤길에서 나는 괴로워한다

모래네 고가

차를 몰고 모레네 고가를 지난다
가을이 여름의 신록을 물들이듯
우리들 삶도 왔다가는 사라지는 것
라디오의 옛 노랫소리 들으며
지금 모래네 고가를 지나고 있다
내가 젊어 한창 때 어렸던 것들이
이제는 결혼을 하고 아이를 낳아
이 땅의 새로운 주역들이 되었듯
삶은 변화하면서 흘러가는 것
지금 모래내 고가는 내리막길
아마 나의 내일도 내리막 일 것이다
누구에게는 꿈과 희망이 되고
누구에게는 한숨과 아쉬움으로 남는
삶이란 결국 외롭고 쓸쓸한 것

너의 과오

너의 죄를 네가 알렸다
퇴근 길 자유로를 달리며
내 지나온 삶을 셈 한다

꿈으로 연명했던 지난날들
교수, 박사, 베스트셀러 작가가 되는 꿈
꿈이 있어서 살 수 있었지만
이제는 모두가 의미 없다

어리석고, 교만했고,
헛된 꿈을 꾸며 살았던 세월
앞뒤도 제 분수도 몰랐던
이젠 내 죄를 내가 안다

미안하다

미안하다, 너의 불편한 자리를 엿보아서
누구나 숨기고 싶은 모습은 다 있는데
성급히 찾아간 내가 잘못 이었다
너를 향한 내 어설픈 사랑을 용서하라
미안하다 그대여, 그리고 나 자신이여
늘 안주할 수 없는 너와 나의 광기여,
길을 나와 걸을 때 눈물이 흘렀다
끝없이 겉돌기만 한 너와 나의 만남과
잘못 살아 온 지상의 날들이 미워서
아아, 미안하다. 정말 미안하다
그대여 그리고 안쓰러운 내 인생아

3

내 곁에 있는 이들에게
이안하다.

떠나도 좋다 그리고 믿어도 좋다

그대의 시간

남 저주하지 말라
그대의 저주로 인해
그 사람에게 티끌만한
상처 하나 남길 수 없음을
이제는 알아야만 하리라

남을 저주하는 일은
그대만의 몸부림일 뿐
창창해서 먼 길을 가야 할
그대를 위해 내 충고하노니
사람 저주하지 마라
그건 스스로를 찢어발겨서
사망에 갇히게 하는 일
다시는 사람 저주하지마라

Writing

	알	아	야		한	다	.					
	그	대	의		저	주	로		인	해		
	그		사	람	에	게		티	끌	만	한	
	상	처		하	나		남	길		수		없	음
을											

믿어도 좋다

그대만 고통스럽다고 말하지 마라
다른 이의 고통도 그처럼 길었나니
그대가 편하게 즐거워할 때
누군가가 이 어둠속에서 통곡했음을 알라

오늘이 힘겹다며 서러워 마라
그대만 미워서 그런 것이 아니다
그대가 뒷골목울 헤매고 다닐 때
이미 오래 전에 다른 이가
울며 지나갔음을 기억해다오

기쁨과 슬픔의 순간은
모두에게 다 같은 분량
창조주가 그대만 미워할 까닭이 없기에
그분은 그토록 편협한 분이 아님을
이제는 그대가 믿어야 한다

Writing

	기	쁨	과		슬	픔	의		순	간	은	
	모	두	에	게		다		같	은		분	량	이
다	.												

간단하고 명료한

사람이 살면서 알아야 할 것들은
부모로 부터 배우게 되는 것
그분들의 말씀은 경전이었고
환생한 예수였고 석가모니셨다

삶은 지극히 간단하고 명료해
어릴 적 들은 부모님의 말씀을
살면서 경험하고 확증하는 일

사람들은 부모의 훈계를 무시해
거친 가시밭길을 헤매고 다니며
훈계를 받는 자는 복을 누린다
아아, 지극히 간단하고 명료한
우리가 알아야할 생의 비밀

Writing

지극히
간단하고 명료해
살면서 경험하고 확증하는
일 삶이다.

오직 희망이다

살다보면 말도 아닌 대우를 받으며
허우적거리며 허우적거리며
찌그러져 살아야 하는 때가 있다
막막할 때면 어머니 생각이 난다
실직해서 무능한 남편과 새까만 자식들
그 자식들을 다 길러내고 제금까지 낸
어머니의 힘이 궁금해질 때가 있다
모든 것이 다 끝난 것만 같았지만
어린 것의 속 좁은 생각이었을 뿐
삶은 그렇게 간단히 끝나는 것이 아니었다
어머니에겐 자식들이 희망이었을 것이다
하지만 어머니의 믿음을 저버린 나는
못난 오늘이 미치고 싶도록 죄송하다
세월 지나면 조금씩 나아질 것이라는
그 분의 한 올 희망마저 짓밟아 죄스럽다
산자에게 힘이 되는 것은 오직 희망
피우지 못할 꽃망울이라도 부여잡는,
썩은 동아줄이라도 잡고 싶은 희망

	막	막	할		때	면		어	머	니		생	각
이		난	다										
	내		어	머	니	에	게		지	금	도		자
식	들	이		희	망	이	다						

사는 법

그대 잠 못 이루고 일어나
어둠속을 서성이는 아픔이 있는가
물안개 피어나는 새벽 강가에 나와
혼자 눈물짓게 되는 날이 있는가

몇 시간을 걸어 보아도
일상의 분노를 들쳐 업고서는
한 걸음도 나아갈 수가 없었다

사람들은 아픈 기억이 간혹
몸에 약이 된다고 말들을 하지만
삼자들의 스쳐 지나가는 빈말 일뿐

가끔씩은 대범해 져야만 하겠다
생과 사는 약해지면 분열되는 것
눈 하나 껌벅하지 않는 대범함으로
너와 나 모진 세월을 넘어가자

	가	끔	씩	은		대	범	해		져	야	만	
한	다												
	눈		하	나		껌	뻑	하	지		않	는	
대	범	함	으	로									
	너	와		나		모	진		세	월	을		넘
어	가	야		한	다								

떠나는 자들에게

축하한다, 이건 나의 진심이다
그대들이 떠남을 선언한 그 자리를
이번만은 내가 벗어나게 해 달라고
새벽 강에 나가 하늘을 향해
고함치며 매달린 적이 있어서 안다

소리쳐도 하늘에 가 닿지도 못한 채
공허한 메아리가 되어 돌아오던
허무한 날들이 수도 없었기에 안다

떠나고 싶다고 생각했을 때
훌훌 떠나 갈 수 있는 것은
그대들의 간구에 신이 감복했기에
축하 받아 마땅한 일이다

정녕 서글픈 것은 남는 자들이다
그대들을 향해 손 흔들어 주며
이제 원망과 희망마저도 없는 자들

Writing

	떠	나	고		싶	다	고		생	각	했	을	
때													
	훌	훌		떠	나		갈		수		있	는	
것	은												
	축	하		받	아		마	땅	한		일	이	다

딸에게

다시 너에게
이 시대의 결혼과
취직에 대해
말하지 않으마

말이 필요 없는 현실에
아빠는 부끄럽구나
아빠가 미안하구나
내 멀리서 너를
남몰래 훔쳐보며
너의 운명을 위해
기도할 수밖에 없구나

내가 보기에는

별스런 일도 아닌 것
각자 짊어진 삶의 무게가 다를 뿐
누구는 죽어라 밤길을 달렸고
누구는 밤새 역기를 들었으며
누구는 마침내 미쳐가고 있었다

하는 행동들은 모두 제 각각이지만
그들은 지금 힘겨운 세월을
넘어 가고 있는 중이다

살다보면 무언가에 빠지던가
미칠 수밖에 없는 때가 있다
한 번 뒤쳐져 서럽게 살아보면
그 이유를 알게 되리라
이 모든 제 각각들의 서러움을

너를 위한 충고

집 나간 남편이 죽도록 미워
현관문 키도 바꾸어 버리고
집 전화를 해지하고도 모자라
맞바람을 계획하는 사람아

그게 무슨 별스런 일이라고
난파선처럼 흔들리느냐
생각해보면 우리의 삶이란
결국 당하는 것 아니더냐

그냥 그대가 당하는 편이 낫겠다
눈앞의 악을 다 갈아 마시고
차라리 네가 침묵하는 것이 좋겠다

명색이 사람으로 태어나서
다시 남을 배신하지 않기를
내 너를 염려하여 충고하마

Writing

	사	람	으	로		태	어	나	서			
	다	시		남	을		배	신	하	지		않	기
를												

82
—
83

아내

여자 하나 잘 만나서
무덤 여러 개를 넘어왔다
피 한 방울 섞이지 않았어도
고맙기가 이를 데가 없다
나 같은 것도 세상 나가서
한 번 잘 살아 보라고
하늘이 내려 준 은인 같다

Writing

	당	신	은		하	늘	이		내	려		준	
은	인		같	다									.

친구

돈 만원 벌자고 똥 콜을 마다않고
새벽녘 장릉(長陵)까지 들어갔다가
겨울 칼바람을 맞으며 울며 나온 친구야
남한산성 사지로 숨어들었던
서럽던 인조의 환영이라도 보았느냐

밤 열두시 부대찌개 집 마루에 걸터앉아
서울로 나가는 삼만 원짜리 콜만 뜨면
무조건 찍고 뜰 것이라며 눈알을 부라린다

뒷좌석에 술 취해 쓰러진 화상들은
모두 자기보다 실력이 나은 놈들이라며
입가에 씁쓸한 미소를 지어 보였다

대체 무슨 죄를 그리도 많이 지었기에
밤마다 쓰러진 술통들을 실어 나르며
삼능오골을 찾아 헤매야만 하는 것이냐

대책 없는 너의 긴긴 겨울밤과

좌충우돌하는 네 삶의 난감함을 위해

여기 목도리 하나 사서 보낸다

춥고 어두운 밤길에 목이라도 보전하라고

대명천지에 너를 다시 세울 자는

너 자신 밖에 없음을 명심해다오, 친구야

・똥 콜 : 가격이 형편없거나 늦은 밤 돌아 나올 차가 없는 시간이나 장소 등
  대리 운전기사들이 싫어하는 콜
・장릉(長陵) : 파주시 탄현면 갈현리에 있는 조선 제16대 임금인 인조와 인
  조의 비인 인열왕후의 합장릉
・삼능오골 : 3개의 능과 5개의 골짜기가 있는 파주의 오지 마을

눈 오는 날의 반성

아내와 함께 산 속으로 가서 눈을 만났다
산 중턱을 지나면서 부터 눈발이 거세져
사방이 어둡고 눈은 자꾸 쌓여만 가는데
말을 잃은 채 우리는 점점 깊숙이 들어갔다

흰 살결에 청순하기만 했던 아내
나를 만나 넋 잃은 아내의 일상이 가여워
눈 속에서 내내 손을 꼭 붙잡고 걸었다

눈이여, 내 지나 온 길들 위에 내려
내 모든 과오와 허물들을 다 덮어다오
반성은 눈발처럼 달려들며 아우성이다

아내여 미안하다, 나를 용서해다오
눈이 쌓일수록 나의 반성은 깊어가고
사라진 길 위에서 다시 나를 지운다

어느 가장의 기도

이른 새벽 잠 못 이루어 강가에 나왔는데
강변의 들풀을 새까맣게 태우며
저 멀리 겨울이 달려오고 있습니다

주여, 새벽 강에 나와 기도 합니다
웃음이 해맑은 늦둥이가 자라는 동안
어린 것의 필요를 충족시켜 주지 못해
아이에게 노여움이 자라나지 않게 하소서

무능한 당신을 만나 인생을 종쳤다며
하소연을 늘어놓던 어머니의 삶을
내 아내가 물려받지 않게 해 주소서

참새, 산비둘기, 두루미 같은 온갖 새들과
이름 없는 들꽃과 갈대를 기르며
도도하게 굽이쳐 대하에 이르고야 마는
저 깊고 푸른 강처럼 살아가게 하소서

그래도 우리는

간월재에서 밤새 추위에 뒤척이다가
말없이 몸을 더듬어 서로를 껴안는다
정상의 매서운 찬 기운만 아니었어도
두 사람은 너무나 먼 두 사람이었다

속고 속이며 살아온 수 없는 날들이
사내들의 몸뚱어리를 염장한 까닭인지
서로의 몸에서는 향이 타는 냄새가 났다

멀리서 달려온 유령 같은 바람이
대피소 유리창을 흔들고 지나갈 때면
달빛 젖은 억새가 눈발처럼 흩날렸다

서러운 이 밤도 지나 날이 밝아오면
밤새 떨었을 언 땅들을 비추어 주리라
뼈 속 깊은 한기는 꼭 거친 세상 같다

우리는 이 밤처럼 서로를 끌어안고
눈물의 바다를 건너가야만 하리라
참고 견디고 또 참고 견디는 것이
이 땅의 일임을 이제는 우리가 알기에

나는 그런 그대가 싫다

묻지 않아도 난데없이
촐싹거리며 말을 던져대는
맹랑한 그대가 싫다
시키지 않은 일을 저지르고도
쫑알대며 변명부터 둘러대는
부끄럼 없는 그대가 정말 싫다
그러고도 희망을 말하는가
당하는 아픔만 크지 않겠느냐
편하게 내뱉고 안 되면 사과하고
돌아서면 까맣게 잊어버리는
그런 그대가 정말 나는 싫다

웃고는 있어도

킬 힐에 숨겨진
키 작은 여자의 갈망을 본다
지나치는 얼굴에 주름 깨가 많은
언청이 엄마와 아들의 웃음소리에서
깊은 외로움이 귀에 들려온다
너무 검게 염색한 머리,
지나치게 많은 불면의 밤과
약한 것들의 수시로 흘리는 눈물,
그 서러운 엇박자를 본다
부서지고 약한 병이 든 것들은
늘 그렇게 요란하고 어색하다

하행선 창가에서 나는 울었다

그대의 삶은 미처 생각지도 못하고
내 삶만 소중한 줄 알고 살았다
그대의 삶은 적당히 내 삶의 배경으로
삼으면 좋겠다고 생각했었다
모두가 주인공이어야 하는 세상에서
바보처럼 못난 내 몸뚱어리 하나
가리면 다 되는 줄로만 알고 살았었다
봄이 오는 어느 한가한 월요일 오전
하행선 창가에 배꽃이 흐드러지게 핀
행신발 부산행 고속열차 안에서
나는 그대에게 부끄러움의 편지를 쓴다
그대 가슴이 멍이 드는지도 모르는 채
오직 내 삶만 귀한 줄 알며 지내다가
하행선 창가에 기대어 울며가고 있구나

아버지의 눈물

생일날 아버지는 자식들 앞에서
말을 더듬으며 서럽게 우셨다
어릴 적 자린고비에 호랑이 같아
아버지가 싫어서 멀리도 했었지만
당신은 그러실 수밖에 없으신 분이셨다

"나.는. 너.희.들.을 위해 전.력.투.구 한거다"

아버지는, 그렇게 말씀하시며 서러운 울음을 삼키셨다

" 너희가 자라면서 잘못된 사람이
하나 없었다는 것이 내 자랑이었다"

가끔 한 잔 술에 흔들리거나
호기를 부리던 아버지의 모든 날들이
당신의 전.력.투.구. 임을 알았다

그날 저녁 식구들이 모인 자리에서
꼭꼭 숨겨 놓은 울음을 토해내며
아버지는 한참을 서럽게 울고 계셨다

부평초(浮萍草)

이 넓은 세상에서 글쎄,
오십년을 살아오면서도 글쎄,
부평초처럼 살아왔구나
공무원생활 수십 년에
승진을 하고도 일 년이 지나서야
보직을 받아 팀장이 된 너를 위해
란(蘭) 하나 보내주는 사람 없다기에
란을 하나 사서 보내주기로 하는데
서러운 너의 마음을 풀어줄
나의 그럴싸한 직함이 없구나
시대가 시대여서 그런지 몰라도
이제는 박사도 시인도 작가도
다 세상의 웃음거리가 될 것만 같아
친구 아무개라고 적어서 보낸다
친구만은 항상 너의 곁에서
너의 눈물과 기쁨을 함께 함을
기억해다오, 친구야

	친	구	만	은		항	상		너	의		곁	에
서													
	너	의		눈	물	과		기	쁨	을		함	께
함	을		기	억	해								

그리운 것들

쉽게 불러 올 수 있음을 경계 한다
함중아의 카스바의 여인, 이용복의 줄리아
추억을 되돌리려면 공을 들여야 마땅하다
엘피판이나 테이프나 CD라도 좋다
조용히 눈감고 철없던 그 시절로 돌아가
떠나간 사람들을 그리워하는 것이 예의다
나는 오늘 태연하게도 전철 칸에 앉아
손가락 몇 번을 눌러 그 시절을 호출한다
아니지, 이렇게 쉬워서는 안 되지
그리운 것들은 그냥 내버려 두어야한다
가슴에 사무치고 가슴에 또 파도치도록
그리움이 없다는 것이 이 시대의 슬픔
섬마다 다리를 다 놓아야 하는 것이 아니다
그냥 두고 바라만 보면 좋을 것들이,
갈 수 없어서 그리운 것들이 있다

	그	냥		두	고		바	라	만		보	면	
좋	을			것	들	이		있	다				
	갈		수		없	어	서		그	리	운		것
들	이		있	다									

어머니의 겨울

기온이 갑자기 영하로 떨어지게 되면
사시나무 떨듯 불안해 지는 자식들이 있다
못난 자식 놈 사업 밑천 대느라고
살던 집 팔고 동네사람들 보기 창피해
광천시장 단칸방으로 숨어드신 어.머.니.
돈 다발을 싸들고 잔뜩 헛바람이 들어
집을 나간 자식은 돌아오지 않.았.다.
전화 한 통을 기다리며 차츰 죽어가는
어머니의 겨울은 그렇게 지나간다
봄은 아무렇게나 오는 것이 아니다
약한 것들이 쓰러지며 흘리는 눈물을 밟으며
점령군처럼 그렇게 잔인하게 온다
이젠 다 틀렸다, 모든 것 되돌리기에는
신은 이제 그대의 회개를 열납하지 않는다

너의 사랑법

전정 너도 사.람. 이라면 잊지 말아야지
차디찬 냉방에 홀로된 나의 어머니도
자식을 몰라보는 치매든 너의 어머니도
뜨겁게 썩었던 한 알의 밀알이었음을
그냥 사랑한다고 싱겁게 말하면 안되지
어머니, 이제는 기름 값도 많이 내렸다는데
보일러 펑펑 돌리시게 돈 좀 부쳤다며
전화 한통 넣어 주는 그런 사람이 되자
이 땅의 모든 자식들은 죄인들이다
어머니라는 말만 들어도 가슴이 벌렁대며
식은땀에 진땀마저 흘리면서 허둥대는
세상 천지에 둘도 없는 대역죄인들

4

오늘 같은 날이면
나에게 온 모든 것들이 다 고맙다

오늘 같은 날이면

가끔은 뜻밖의 일에 포복절도하며
오늘처럼 크게 웃게 되는 날이 있다
그렇게 알고 싶었던 의문의 해답을
손닿을 지척의 거리에다 놓아둔 채
두려움에 한 참을 떨었기 때문이다
사람은 언제나 희망을 가져야 한다
뜻하지 않게 선한 사람들을 만나
목적지에 이르기도 하는 까닭이다
세상을 쉽게 포기해 주저앉거나
심각하게만 바라 볼 일도 아니다
오늘같이 좋은 날이 있는 것처럼

Writing

	사	람	은		언	제	나		희	망	을		가
져	야		한	다	.								
	오	늘	같	이		좋	은		날	이		있	는
것	처	럼											

길이 험하면

가는 길이 험하면
갈 길을 벗어나
샛길로 빠지기도 한다
정면대결이 무섭기 때문이다
때로는 대오각성과
무서운 결단이 필요하다
제 길로 가려면 가끔
독한 마음을 품어야 한다
거반 미친 사람처럼

Writing

	제		길	로		가	려	면		가	끔		
	독	한		마	음	을		품	여	야		한	다

동력을 위하여

갇히지 마라

떠나라. 울타리를 조금만 벗어나도 절망은 희망이 되고

새로운 대책이 떠오른다

우울하게 갇혀 살지 마라

집밖을 나오기만 해도 길이 열리고 꿈이 보이고 결단이 생

긴다

걸어라, 희망하라 그리고 사고하라

보다 더 넓게, 보다 더 선하게, 더 깊게 그리고 따뜻하게

사고하라

세상과 진리를 위해 그렇게 하라

그대가 곧 동력을 얻어 항해 할 수 있도록

갇히지 마라,

우울하게 갇혀 살지 마라

걸어라, 희망하라 그리고

사고하라

일상

중년 이후의 일상이란
참고 또 참는 일이다
달려드는 미친개에게 참고
방황하는 중생에게 시달리는 일
그러다가 그러다가 언젠가
서러움마저 다 증발하고 나면
그제야 모든 것이 끝 날 것이다
누구는 이런 인내를 두고
삶이 성숙해 진다고 하고
누구는 호랑이 이빨 다 빠졌다 하지만
현자는 이를 온유라고 부르며
땅을 유업으로 상속할 것이라 한다
살다보면 참는 것만이 희망이 되는
그런 때가 마침내 오고야만다

	살	다	보	면		참	는		것	이		희	망
이		되	는										
	그	런		때	가		마	침	내		오	고	야
만	다												

언약

두 발 한 번
쭉 뻗어 보지도 못하고
늘 변방만을 떠돌던
가엾은 너의 눈물을
내가 보았노라

안절부절 못하는
지금 너의 그 세월이
서럽기야 하겠지만
그래도 가야만 하리라

힘들어도 계속 정진하라
무슨 일에든 선하며
끝까지 사랑하라

내 너의 눈물을 세며
모두 다 이루어 주리라
때가 되면, 때가 되면

힘	들	어	도		계	속		정	진	하	라
무	슨		일	에	든		선	하	며		
끝	까	지		사	랑	하	라				

당신

살아오면서
내가 단 한번 잘한 일은
당신을 만난 일

부끄럽게도
험한 꼴 다 보이며
눈물의 빵을 뜯으면서
여기까지 왔구나

당신이 없었다면
나는 벌써 어딘가에서
터져버리고 말았을
시한폭탄 이었다

다시 살아야만 하겠다
당신을 위해서라면
나 어제 걸었던 그 길을
다시는 가지 않겠다

살	아	오	면	서						
내	가		단		한	번		잘	한		것	은
당	신	을		만	난		일			

그 남자가 사는 법

그 남자의 계산법은 단순했다
하늘을 우러러 한 점 부끄럼 없이 살자는 것,
어떤 진상들이 달려들어 시비를 걸어도
잘못했다며 무조건 고개를 숙였다
달려오던 파도는 그 남자 앞에서 소멸해갔다
그 남자, 결코 피곤한 삶을 살지 않았다
누구 앞에서건 선하고 진실하려 애를 썼다
많이 배우지 못했고 가진 것은 없었지만
누구보다 강하고 자유로웠던, 그 남자

	삶	의		계	산	법	은		단	순	하	다	
	하	늘	을		우	러	러		한		점		부
끄	럼		없	이		살	자	는		것	,		

용서하라

용서하라 달리 방법이 없다
용서하라 이건 내 명령이다
너가 먼저 살고 보아야겠고
너는 약하고도 약하기에
그것 말고는 다른 방도가 없다
너를 증오와 불면의 감옥에 가두고
쉴 새 없이 네 가슴을 쥐어짜며
스스로를 고문하는 일이 안쓰럽다
용서는 너 자신을 위하는 일
네 이웃을 사랑하기 이전에
네가 먼저 온전하여야 하겠기에
무조건 용서해 주라, 무조건

	용	서	는		너		자	신	을		위	하	는
일													
	네	가		먼	저		온	전	하	여	야		하
겠	기	에											
	무	조	건		용	서	해		주	라	,		

삶의 묘미

살아갈수록 깊이가 느껴진다
아득하기도 하고 무섭기도 한 것
한 동안 철없이 잘 살았다
가파른 내리막에서 생각한다
모든 것이 조심스럽고 감사하다
어쩌면 사람이 사는 일은
밥과 같이 많은 눈물과
양념과도 같은 소소한 기쁨을
먹고 살아가는 일인지도 모른다
다시 한 번 주먹을 쥐어 본다
다시 한 번 옷깃을 여미어 본다

Writing

	어	쩌	면		사	람	이		사	는		일	은
	밥	과		같	이		많	은		눈	물	과
	양	념	과	도		같	은		소	소	한		기
쁨	을		먹	고		살	아	가	는		일	

너에게 말한다

너의 허물은 다 말할 수도 없는데도
더 큰 책임을 다른 사람에게 돌리며
마치 너의 불운처럼 이야기하지 마라
소중히 지켜 온 너의 보금자리마저
이제는 다 허물어 버릴 것이라고

나에게 와서 네 삶의 파계를 말하려면
두 번 다시 나를 찾지 말아다오
너 하나 사라져 모두가 평안하다면
그 길을 가라고 말해 주고 싶었지만
당하고만 살았다며 글썽이는 너에게
차마 이야기해 줄 수 없었을 뿐이다

너의 불운을 내게 와서 말하지 마라
애초부터 잘못된 만남이었다고
나는 더 이상 과거의 너가 아니라고
섣불리 파탄의 언어를 발설하지 마라

그래도 함께 살아야 하지 않겠느냐며
말을 더듬던 너의 모습이 보고 싶다

삼월

봄도 아니고
겨울도 아닌 것
불량하기가
나쁜 소년 같다

지금은 꽃도
쓸 만한 것이 없고
사람의 뼈도
마르는 계절

다시
삼월이다
가야할 것은
가야만 한다

삼월에
쓰러지지 않기를
두 손 모아
기도했다

오십년

잘나거나 못나거나
한 오십년을 살다보면
다들 이무기들이 된다

못나면 못난 것이 한이 되고
잘나면 더 잘나지 못해 한이 되어
겁 대가리 없는 존재가 된다

한 오십년 살다보면
내가 누구인지를 너무 잘 알아
자신이 미워지게 되는
그런 날들이 오게 된다

이미 다 타버린 숯검뎅이들이
더 이상 무엇을 태워보겠다며
주접을 떨어대는 것이 미워지게 되는
그런 날들이 오고야 만다

한		오	십	년		살	다	보	면		
자	신	이		미	워	지	게		되	는	
그	런		날	들	이		오	게		된	다	.

건강한 밥

새벽기도 가는 길에 만난
재래시장 입구에서 좌판 하는 부부
늙은 아내는 앉은뱅이 의자에 앉고
활처럼 등이 굽은 남편은 선채로
눈칫밥 먹듯 뚝딱 새벽밥을 먹는다

찬밥에 푸성귀 종지 두어 개
기름기가 빠지고 욕심마저 다 빠져나간
희미한 가로등 아래의 소찬 이었다
나도 저런 건강한 밥을 먹고 싶다
허황된 꿈을 버린 밥을 먹고 싶다
새벽기도 시간에 그 부부 생각이 나서
주체할 수 없는 눈물이 흘러내렸다
세끼 밥 앞에서 진실하지 않는 자,
다시는 천국을 말하지 말라

Writing

	기	름	기	가		빠	지	고		욕	심	마	저
다		빠	져	나	간								
	허	황	된		꿈	을		버	린		밥	을	
먹	고		싶	다									

세례식

그대 정녕 아직은 모르리라
꽃다발 안아 들고 환하게 웃으며
함께 잔치를 벌려도 좋을 만큼
그런 날임을 그대 아직은 모르리라
사망 가득한 음침한 골짜기를 나와
장미꽃 만발한 정원에 가 있으리라
이제 외로운 혼자가 아니어서 좋겠다
매번 지치고 힘 드는 나그네 길에서
말없이 위로하고 그대의 동행이 되는
변함없는 그 분을 만나서 좋겠다
너른 집으로 옮겨와서 좋겠다
딴 세상으로 이사를 와서 정말 좋겠다

Writing

	이	제		외	로	운		혼	자	가		아	니
어	서		좋	겠	다	.							
	말	없	이		위	로	하	고		그	대	의	
동	행	이		되	는								
	변	함	없	는		그		분	을		만	나	서
좋	겠	다	.										

읍소(泣訴)

삼월에서 사월로 오는 동안
정말 죽는 줄 알았습니다
인생이 고해라는 그 말
하나도 틀린 말이 아니었습니다
정신없이 헤쳐 나오느라
아직 숨마저 가쁜 지경입니다
언제 한 번 두 발 쭉 뻗고
자족하는 날이 있겠습니까
사월은 죽을 사자가 아니기를
다시 오월로 넘어가기 위해
나는 또 얼마나 가슴 졸이며
곡예를 해야만 하는 것입니까
당신이 죽어 다시 사신 계절
이 정도면 한 번 살아 볼만 하다는
그런 희망 하나 내려주소서

편지

겨울날이 이렇게 눈부실 줄은 몰랐습니다.
눈꽃나무 아래서 당신 생각에 울었습니다.
별처럼 맑고 사슴처럼 순결하기만 하던
당신의 마음을 아프게 한 내가 미웠습니다.
광안리 바닷가에 나가 아파할 당신 생각에
겨울나무 아래에서 나는 울었습니다.
감히 누구 앞이라고 내 주제도 모른 채
당신에게 지랄을 하고 염병을 떨었습니다.
미안합니다, 사랑합니다, 믿어주세요
눈꽃나무 아래에서 내가 미워 울었다는 것을
이제 다시 옛날로 돌아 갈 수는 없겠지요.
살다보니 희한안 날도 다 있었습니다.

속히 오리라

정신없이 한 세월 살다 보면
작아지는 날을 맞이하게 되리라
이제는 아둥바둥 잘 살겠다는 기대도
이름을 알리거나 누굴 이기겠다는 생각도
다 부질 없게 여겨지는 그런 날들이
흔들리는 의자에 앉아 산들바람을 맞으며
살아 있음을 고마워하는 때가 있으리라

나에게 온 모든 것들이 다 고마웠다
좋은 것은 좋은 대로 나쁜 것은 나쁜 대로
버릴 것이 하나 없이 모두 약이 되었다
그대가 한없이 작아지는 날이 곧 오리라
머지않아서 곧 찾아오게 되리라

	나	에	게		온		모	든		것	들	이
다		고	맙	다								
	좋	은		것	은		좋	은		대	로		나
쁜		것	은		나	쁜		대	로			
	버	릴		것	이		하	나		없	이		모
두		약	이		된	다	.					

너의 색깔

너만의 색깔을 나에게 보여 다오
너 아니면 흉내도 못 내는 것
너만의 독특한 색깔이 보고 싶다
있는 것처럼 가장하지도 말고
잘하는 것처럼 애쓰지도 말며
오직 네가 가진 있는 그대로의
네가 지닌 색깔이 보고 싶다
애절하기도 하고 독특하기도 하며
더러는 못나고 구부러져도 좋으니
오직 너만이 가진 색깔을 보여 다오

	더	러	는		못	나	고		구	부	러	져	도
좋	으	니											
	오	직		너	만	이		가	진		색	깔	을
보	여		다	오	.								

구체적으로

두루뭉술한 것들은 다 가라
세밀한 것을 아는 것이 중요한 것
애매모호한 것과는 결별하라
그것들이 아무 소용이 없다는 것은
세상이 나에게 가르쳐 주었다
중요한 것은 구체적이라는 것
말을 해도 구체적으로 할 것이며
사과를 해도 구체적으로 하고
사랑을 해도 구체적으로 하라

Writing

	사	과	를		해	도		구	체	적	으	로	
하	고												
	사	랑	을		해	도		구	체	적	으	로	
하	라												

너의 황금율

너 같이 악하고 못난 것
세상 어디에 또 다시 있을까
눈만 뜨면 감사하고
누구의 허물이라도 다 용서하라
큰일은 도모하지도 말며
다만 살아있는 오늘에 감사하라
너 같이 악한 것도 없고
너 만큼 못난 사람도 없으니
엉금엉금 기면서 살아라
내 뜻과 다른 것이 세상인 것을
그저 남의 돈 무서운 줄 알며
남의 인생 귀한 줄을 알아
납작 엎드려 평생을 살아가라

	눈	만		뜨	면		감	사	하	고		
	누	구	의		허	물	이	라	도		다		용
서	하	라										
	그	리	고		살	아	있	는		오	늘	에
감	사	하	라									

포기하지 않으면

쓰러질 것만 같았던 사월
이제 그 사월을 지나
아카시아 향그런 오월이다

희망을 가져야 한다
사람이 해서 안 되는 것은
홀로 절망하는 일

절망하지만 않으면
희망을 놓지 않는다면
그대는 언.젠.가.
세상은 오래 살고 볼 일이라고
웃게 되는 날이 오리라

절	망	하	지	만		않	으	면			
희	망	을		놓	지		않	는	다	면	
웃	게		되	는		날	이		오	리	라

한나에게

어두운 책상을 환하게 밝히는
노란 쪽지가 붙은 쿠키 한 봉지

"집사님, 별것은 아니지만
제주도 사는 남친이 가져온 것인데
드시고 힘내세요"

장난기 가득한 너의 웃는 얼굴이
내 가슴을 헤집고 파고든다
바지를 찢고 머리를 노랗게 물들인
요란한 네가 가끔은 싫었었는데
이제서야 네 진심을 엿보는
나잇살이나 먹은 내가 부끄럽다
살아있음이 별스러운 것이 있으랴
표현하는 것이 이렇게도 아름다운 것,
한나야, 이미 너는 알고 있었구나

	표	현	하	는		것	은		이	렇	게	도	
아	름	다	운		것	,							
	살	아	있	음	이		별	스	러	운		것	이
있	을	까	!										

다시 막장에서

살아보면 안다

요란한 헛웃음 사라지고
도도한 자존심 다 끊어지고

"잘할께요,
열심히 할께요,
앞으로 조심할께요"

그 말 밖에 통하지 않게 되는
오직 인내만이 그대의 무기가 되는
그런 날이 오는 것을

그대를 위한 충고

세상에는 조심해야 할 것들이 너무 많다
특히 여자의 소품들을 조심할 것

레인코트, 색조화장, 귀걸이, 머리핀, 복대, 보철물, 퍼머,
가방, 브로우치, 머플러와 힐 그리고 금붙이들....

이런 사소한 것들에 주의하라
은근 슬쩍 그대의 눈과 마음을 홀리고 훔치는 하찮은 것들을
험한 똥밭을 함께 굴러보지 않고서는
여자가 어떻다고 나불대지 말라
순진한 너를 향해 매복된 것들의 함정을 조심하라

겨울기도

주여, 헛된 꿈들을 버리며 살게 하소서
미련한 자가 이루지 못할 큰 꿈을 꾸느라
스스로 자신을 상처내지 않게 하시고
남들이 다 내리고 떠나가는 정류장에서
오지 않는 버스를 기다리지 않게 하소서

가닿지 못할 높은 곳을 바라보며
무작정 앉아 기다리는 소심함보다는
한 걸음씩 발걸음을 떼며 걸어 나가는
힘과 용기를 내게 허락하여 주소서

주여, 겨울에는 나무처럼 살게 하소서
눈만 뜨면 무엇을 이루려 애쓰기 보다는
내가 가진 것들을 하나 둘 씩 버려서
도리어 충만한 세상을 얻게 하소서